36

ISBN 978-2-9170810-3-7

FOLIUM
nouvelles

FRANÇOIS MAUBRÉ

La Tonnelle

éditions
ASPECT

à M'dame Suzanne,
ma mère

BRASSERIES
CAFE de la
ENTREE

Brouillard

Le temps en somnolence
Tout au fond de son gousset
Émiette la nuit dans le brouillard,
Et le premier tramway dort encore.
Les bennes du transbordeur,
Troublantes chauve-souris de métal,
Sommeillent dans l'absence du ciel.
Le givre a posé son immense couvercle
Et emprisonne le froid qui se tait.
Au bord de cette épaisseur grise
Que l'aube ne peut trancher,
Vacille la lumière blafarde
D'un vélo-fanal qui chaloupe en pendule
Et ensorcelle le pavé de la rue.
Les soubresauts d'une ombre
S'esquissent et se détruisent.
Cette aube d'hiver se moque et joue,
Donne la vie, puis l'efface.
Fragile solitude à peine là,
Suaire troublant venu de nulle part,
Déjà disparu.

Le Café de la Tonnelle a déjà ouvert
Ses deux grands yeux de lumière
Et offre tout de bon à la nuit
Ses casse-croûte à toute heure...
C'est l'auberge salutaire,
La lumière chaude et tendre

Qui apaise l'aventure du petit matin,
Avant qu'elle ne s'enfonce
À travers les épines sournoises,
Que dissimule le gel encanaillé
Dans l'infini du brouillard.
Très vite, dans ce caravansérail,
Secret derrière l'écran d'une buée qui rassure,
S'engouffre et s'étire un épouvantail
Chassant nuit et froid
Au plus loin de la porte que le frisson repousse.
Entre écharpe tricotée et casquette américaine,
Le masque se fait homme
Pour un bonjour au zinc.
Un petit marc qui coupe le souffle,
Et le verre réveille le métal du bout de son échasse.
« Encore un p'tit, M'dame Suzanne !
Ça gèle fort ! »
Elle qui materne le réconfort au creux de son aisselle
S'acquitte d'un filet de tendresse,
Exile le froid derrière la porte
Et lui tord le cou.

Il s'est mis au chaud
Entre ses deux petits marcs.
Dans le brouillard collé à la rue,
Le vélo-fanal s'envole sur le pavé
Et le porte à la fonderie où il aura plus chaud encore.
Il y aura un demain de février,
Puis un autre demain de marc et de zinc cogné.

Il n'y aura pas d'après-demain...

Dans l'épaisseur du brouillard,
Le vélo a perdu ailes et lumière.
Il s'est couché dans le froid,
Aux côtés d'un épouvantail
Terrassé par les derniers assauts de la nuit,
Non loin du Pont Fleuri,
Bien avant le premier tramway,
À deux pas des hauts fourneaux de Pompey
Où l'on est bien au chaud.

C'est l'heure où les amants,
Serrant très fort une luciole de leur nuit
Dans le mitan brûlant des promesses,
Ferment encore l'embrasure et retardent le jour,
Avec cette douce peur de ne plus trouver le soir
La fièvre en duo de peau tant inventée la veille.
M'dame Suzanne attend encore,
Son litre de marc sous l'aisselle,
Tandis que tremble soudain le zinc
Au halo du premier tramway
Et de son wattman conquérant de l'aurore.
Là-bas, sous la pesante voûte d'une aube prudente
Qui attend pour poser un soleil sur les crassiers,
La fonte se coule dans le creuset de la journée,
Le cœur durci par l'épreuve de la nuit.

Camarades...

C'est comme ça...
Le seuil de la Tonnelle est son abîme,
Où se meurent des pleurs
Et des larmes froides au bord des yeux.
La clenche de la porte lui retient la main,
Comme une amie,
L'arrête puis laisse passer
Le vide de sa vie faufilé par la mélancolie.
« Après vous. Je vous en prie... »
Il n'est plus qu'un gros chat craintif,
Vaincu par la rue qu'il a tant aimée.
Le fleuve de sa vie détricotée
Ne conduit plus à la vague océane,
Et le bistrot, pour lui seul, à l'heure des désoeuvrés
Des coups de cinq heures,
N'abreuvera pas sa lassitude.
Sa tête fatiguée cherche refuge
Au plus profond des épaules.
Son regard transparent d'un bleu inachevé
Tombe défait sur le comptoir de l'après-midi,
Qui est bien le seul à écouter sa détresse.

Il a déjà bien rempli ses rondeurs
Au « douze d'Algérie » chez lui,
Au fond de la cité où on ne le connaît plus,
Avant de s'immobiliser
À la Tonnelle et son zinc familier.
« Un p'tit canon, M'dame Suzanne ! »

Dans sa main tremblante,
Le verre, bien rempli, frissonne.
Les cris de la révolte ont usé sa bouche
Et les courtes tétées maladroites
N'ont rien de la force d'un enfant
Qui va très vite pour attraper la vie.
Le vin de l'ennui fait trébucher les mots,
Celui de l'oubli tue les notes d'un refrain,
La désespérance repousse le dernier verre,
Et le zinc, implacable miroir,
Projette son verdict.
M'dame Suzanne est ailleurs,
Dans la T.S.F., le Domino de Clavaux
Et ses bouffées de printemps qui chante.
Sa litanie trop pesante s'épuise
Et coule irrémédiablement
Dans le sillon profond de mots en naufrage,
Où périssent ouvriers, patrons, boulot, parti...
Un silence et son cœur tonne vers... vers... allez savoir !
« Camarades, camarades, j'm'en fous ! »

Encore un silence chargé de vinasse,
Et sa voix et son visage se perdent ensemble
Dans un repeint de coton bleu,
L'uniforme de haine docile
Et de complicité soumise
Des jours de boulot recommencés,
Avec le temps de lessive du dimanche
Pour laver les rancunes.
Tout ça se pose pêle-mêle

En brouillard sur le comptoir
Dans une étrange mélopée
Où la lutte est toujours finale.
Quelques notes murmurées, cabossées et lourdes
Pour une journée qui n'en finit pas
Et qui ne demande plus rien.
Son regard perdu, au bout de la plaine
Où les asphodèles n'ont plus de parfum,
Cherche un terrain de lutte
Tout là-bas, au profond d'une solitude,
Qui n'a plus d'outil
Pour frayer un tunnel de lumière.
Son poing encore levé ne trouve plus qu'une rumeur
Qui disparaît au coin d'une rue éteinte,
Quand le rouge des drapeaux,
Porté haut par le vent des promesses,
Est noirci de colère.
Son âme, trop pleine d'images déchirées,
Marche fragile, sans se retourner.
Elle trébuche sur le quai ; elle atteint le musoir.
Le printemps, lui-même, a cessé chez Clavaux,
Et le gros rouge en taches de sang
Brise le miroir
Sur le zinc que l'on n'entend plus.

Dimanche

Le Café de la Tonnelle à onze heures,
Portes et fenêtres ouvertes,
A pris l'habit de l'été en dimanche.
Les tramways sont vitrines à chapeaux
Qu'on lèche trop vite.
Les transbordeurs ont raccroché
Leurs wagonnets à la patère du ciel bleu
Et on écoute leur jour de repos.

Saint Martin, drapé de pierre comme en hiver,
Chasse à coups d'épée et de cloches
Les pénitentes d'un jour qui encombrent la nef.
Elles descendent le grand escalier,
Légères des petits péchés tous pardonnés,
Avoués sur des genoux nus, souillés de contrition,
Où prières et caresses se chamaillent
Chaque dimanche.
Elles se laissent aller à sourire
À ce mince jour béant de liberté.
Elles ont secoué leur âme
Et ramassé un bouquet de miséricorde
Qu'elles ont tendrement déposé au fond du sac à main
Où débordent déjà des « merci, mon Dieu »,
Ces précieux bons de garantie à la semaine
Pour un bonheur simple en mots de messe illisibles.
Pour ne rien égarer, un petit mouchoir brodé par-dessus,
Six jours pelotonné dans un semblant de parfum.
Le sac noir refermé est plus clair
Sur le chemin descendant du retour,
Mais n'ose se balancer, de peur de s'ouvrir.

Dans la cité, tout en bas,
Leurs hommes, les poches pleines de paresse,
Battent le seuil des portes
À coups de mots rouges, ravigotés
À la une de l'Humanité-Dimanche,
Dans un bol encore tout chaud de vérités sucrées...
Ils se sont levés tard comme des enfants
Pour blottir leur peau toute tendre et toute plume
Dans le doux giron d'un vrai dimanche,
En équilibre sur le filin de l'incertitude,
Entre leurs femmes qui ont sauvé leur âme,
Et l'apéro qu'on boira tout à l'heure
À la santé d'un Thorez retrouvé.

Dans le chant des semaines d'été
Qui enivre même la nuit,
C'est dimanche, c'est soleil,
Rituel Dubonnet, Byrrh, Saint-Raphaël Quinquina,
Carnaval d'oubli de la mine à la gueule ouverte,
Qui, de sa main de fer en pierre,
Dans la musique des rivelaines,
Vous avale au petit matin.
Gosses, pères et mères
Empruntent ainsi des tables d'évasion.
On rit de tout, on rit de rien,
On efface du dos de la main
La sueur de la semaine.
Demain, il sera encore temps
De vider la corbeille à chagrin.

IE en GROS
BAR DU

Se jouent alors les trois coups de baguette de silence
Quand vient la jolie fée
Rouge de jupe, de lèvres, de joues,
Et de timidité.
Un rien d'audace la porte
Vers un prince qui boit déjà le philtre d'amour.
Enfin, peut-être !
Ce grand poupon au teint mat,
Soldat paisible venu du Nouveau Monde,
Aux revers d'habit riche d'étranges écus d'or,
Se tient debout au comptoir,
Planté sur des jambes d'opérette prêtes à danser.
Il pose sur elle le vertige d'une valse bleue
Qui les emmène tous deux, loin des autres,
Sur le grand fleuve que frôlent des rives frivoles
Brodées de crinolines.

Maintenant qu'elle est là,
On s'installe furtivement dans leur jardin,
On boit sans boire,
Pour goûter une rencontre
À laquelle la gamme des polissons
S'invite en trous de serrure.
Et les mots, tout à coup,
S'avancent plus lentement
Autour des tables...
Sur la scène du zinc, un baiser léger,
La fumée d'une Camel
Qui prépare le voyage,
Et le goût d'un Pernod qui se trouble
À lui dire de ne pas partir trop vite.

Histoire à peine éclose
Écrite en regards et doigts
Qui s'approchent et se touchent
Pour le demain des corps.

Le zinc a grossi ses courbes d'amour
Que l'un et l'autre caressent.
Un gamin fait tourner,
En valse lente, un diabolo qu'il oublie,
Et la main tourne aussi vite que la tête.
Le père se met à parler fort en mots dérisoires,
Les yeux accrochés au zinc.
M'dame Suzanne regarde et écoute en miroir
Dans la brillance furtive de son comptoir.

Pour un instant d'apéro,
Les femmes s'envolent, planent en amour
Par-dessus les trois cheminées
Du paquebot Île de France,
Grand frimeur des océans,
Plus noble en vapeur
Que la lessiveuse grise du lundi.

Aux douze coups de midi,
Ricanés par une vieille pendule
Et ses deux commandements pointés à l'unisson,
Perfides sur le cadran de guimauve en fleurs,
S'échappent les rêves
Et se vident les verres...
À peine posés, les voilà soudain
Débordant de la vie d'hier et des lendemains.

Ils s'en vont... pour ce bout du monde
Le coeur au bout des doigts.
Ils s'en vont sur une mer étale
Étrangers aux creux de toutes les tempêtes.
Ils s'en vont, traversent la rue,
Et poussent la porte du jardin.
On regarde le bateau qui file à l'horizon du lundi ;
La pioche cogne déjà l'écume des vagues,
Les chants de la mer quittent les ajoncs au goût de sel ;
Il faut bien descendre la grande voile.
Le beau voyage n'est plus qu'une plume ballottée
Au-delà de l'hélice bleue des yeux et du ciel.
On prend le chemin de la cité
Dans les pas de cette petite étoile,
En costume du dimanche
Chaudement cueillie sur la mer.
On rappelle, comme on peut, les histoires remâchées
Dans les couleurs vives du kiosque,
Toujours à la mode dans son habit de magazines ;
Paillettes d'histoires en carton bouilli d'Amérique
Que couvre de sa voix le marché couvert
Aux odeurs fortes de poisson.
La moiteur tendre de deux mains
Nouées sur le zinc,
Évanouie dans le métal froid,
Renaîtra sûrement dimanche
Après la messe, sous l'horloge de l'été.

Le manteau grenat

Ils ont laissé leur vélo à la garde des étoiles
Et font chanter le zinc de la Tonnelle
Avant d'aller fermer leurs volets,
Et s'asseoir sous la lampe
Qui dévide la petite chanson du soir.
Elle, elle est là au fond du bistrot
Loin du poêle qui chauffe Février,
Enfermée dan son manteau grenat,
Serrée tout contre lui
Sur la banquette de bois ajourée
Assez grande pour s'y perdre.
Un écran de fumée fait jouer la lumière,
Les laisse dans l'ombre de leur exil,
Bannit leurs yeux perdus dans les ronciers
Qui barrent leur sentier.
Ils ont derrière eux l'ombre de l'été et ses baisers
Au velouté de mousse et de folie,
Les quelques feuilles d'or d'un automne,
Recouvrant le bois mort,
Posant des poussières de fausse richesse
Dans leurs cheveux mêlés...
L'insouciance des pommes, pourtant, n'interdit pas l'hiver.

Le zinc fait danser et crier des bribes de vie,
Au rythme des verres qui claironnent le retour,
La clef qui vous niche bien au chaud,
Qui offre un léger frisson de peau
Quand le dehors est chassé,

L'épouse qui joue son brelan de tendresse,
Les enfants aux dents plantées dans le pain,
Et puis la soupière, vénérable reine ébréchée,
Épanouie en bouquets de campanules et marguerites,
Qui embrume la lampe
Quand ne chante que le chœur des assiettes,
Ce chat insouciant qui récite
Les versets millénaires
D'une prière douce, infinie,
Roulé sur le coussin de son éternité,
Un seau à charbon bien lourd,
Enfin toute la nuit, au bout du couloir,
Emmitouflée de froid.
Rien de plus...

Ce n'est pas pour eux.
Ils ont brisé le temps d'hier,
Et jeté avec passion leurs branches maladroites
Par-dessus le fleuve sans rives,
Que fissure un vent mauvais à la croisée des doigts.
Un taxi des rêves qui n'a plus de compteur
Confie à la rue leur bagage d'amour,
Et les laisse en panne de voyage.
La main fébrile sous le manteau grenat
Glisse en mots très doux
Mais ne trouve que la crainte
Du doux plaisir auquel on n'a pas droit.
Leur silence hurle au fond de l'impasse,
Leurs yeux se heurtent puis se caressent.
Leur voix est sans écho
Au fond de la crevasse

Hérissée d'interdits barbelés
Où traînent quelques rares délices
Sentant le fagot.
La longue banquette en bois ajouré
Bien trop grande pour deux
Recueille en alvéoles
Les rares mots de miel murmurés.
Pas de chaises devant eux :
Elles sont allées là où la vie bat et crie.
Ils sont espace vide non reconnu,
Ils sont là parce que leur place n'existe pas
Au zinc des gens simples
Où tout se dit en éclats.

Que font-ils au carrefour
De la tricherie, d'un interdit d'aimer ?
Fallait-il qu'ils se devinent,
Qu'ils se touchent et s'approchent très fort ?
Qu'ils s'emprisonnent dans la déraison ?
Fallait-il qu'ils franchissent le mur fragile
Tressé dans le jonc des mares ?
Fallait-il qu'ils posent le pied
Sur le soleil rose des nénuphars en fleurs ?

Où aller quand il pleut ?
Les portes n'ont pas de seuil ;
Les portes n'ont pas de clenches ;
Elles sont sans battant
Pour ceux qui quittent le long chemin
Calé entre ses arbres et ses fossés bien propres.

L'escalier n'a plus de marche
Pour décrocher la lune.
Il ne peut que cacher les baisers amers et froids,
S'effacer et disparaître sous les pieds
Des amants de l'ombre.

Dans sa caresse en passion contenue,
L'amour caché n'a que la nuit
Et le vieux poêle de la Tonnelle
Pour réchauffer deux cœurs d'hiver.
Ici, le café que l'on ne boit pas
C'est du temps qui n'a plus d'heure
Pour encore un peu de toi
Des mots chuchotés, dissous dans l'avanie
Sur le zinc
Qui ne veut jamais de nous.

M'dame Suzanne se replie en pourquoi.
Ses mots d'amour se sont souillés,
Plaqués dans un roman broché
À six sous la couverture fadasse,
Avec un chapitre lu et les autres brûlés.
Sa belle histoire est rêve d'étagère
Noyée dans l'écran d'illusion
Que sa mémoire ne sait plus lire.
Alors la folie de deux êtres qui se cherchent
C'est deux verres qui se cognent,
Qui se brisent dans le sang de la main,
Une rencontre rugueuse,

Une boue de bataille
Où les âmes blessées s'enlisent...

Le café est bu froid,
Les yeux parlent plus fort,
Les gestes plus lents sont souffrance
À la croisée des impasses.
Elle se lève, enferme ce qui est doux
Sous le vieux manteau grenat
Puis boutonne une à une toutes ses peines.
Derrière elle, se traîne un bonsoir en pardon,
Quand elle prend la nuit par la porte de gauche,
Sous des regards accrochés à ses talons.
Il jette le prix du café sur la table,
Avance le poids désemparé de ses pas
Par la porte de droite qui le livre à sa solitude.
La nuit n'a plus rien à lui offrir
Hors cette litanie douloureuse du transbordeur,
Grand maître d'un régiment de wagonnets
Qui connaissent tous le chemin,
Qui vont où ils vont au train-train paisible
Du câble qui guide le temps.
Pas un, dit-elle, ne regarde celui qui le croise...
Tous auront le titre de wagonnet fidèle
Qu'ils garderont pour eux parce que c'est simple,
Parce qu'il n'y a pas de passion
Tout au fond d'un wagonnet docile,
Au coeur vide ou lourd de minerai.

Plus tard, inlassable, impassible, cruel,
Le tramway du soir grince sa complainte
Sans âme, en métal de roues.
Il disparaît sur les mêmes rails que la veille,
Les rails lisses de sa vieille habitude.
Il emporte une tristesse perdue
Dans une vieille canadienne
Qui aimerait tant retrouver,
À travers la vitre sale,
Un de ces tout petits bonheurs du soir
Que le ciel froid sème en pluie d'abat-jour.
Là-bas, au bout de la route,
Une étoile morte lui a pris sa lumière.
Le miroir de la nuit ne lui laisse que des brisures douloureuses
Et les secousses d'un tramway diaphane
Qui file cahin-caha à son terminus
Où s'achève toujours la même histoire.

La longue banquette de la Tonnelle
Cache maintenant dans son dossier ajouré
Le secret des amants
Qui laissent au portemanteau
La déchirure de leur silence.
Elle ignore tout de celle
Qui vient de jeter une vieille photo devenue trouble,
Qui remplit de pierres le sablier des jours,
Qui met en vente ses larmes
Et le coin de tablier serré trop fort entre les doigts.
Elle ne peut pas voir celui

Qui noie l'attente insupportable
Au plus profond de la lie
Et du vin sombre de l'absence,
Avec, à ses pieds, dans le regard de son chien,
La fidélité transparente
Bien calée entre ses pattes.
Elle ne comprend ni l'odeur de deux tasses
Vides d'un café bu froid en hiver
Ni celle du vieux manteau grenat
Trouvé tout à l'heure,
Près du canal,
Juste en bas de la Tonnelle.

La péniche

Le grand escalier à bout de force
Plonge de la Tonnelle dans le canal,
Se burine à coups de pieds,
De ritournelles de vents et de saisons.
Au pied du ravin qui avale ses marches,
Entre deux berges gonflées de fleurs sauvageonnes,
Ce sombre chemin aux eaux mortes
Cherche le bout de lui-même
Entre le néant de l'abandon
Et l'infini de la vie.
L'eau s'irise à peine dans le petit soleil du soir
Frissonne sous le doigt de la brise,
Et le canal dort, avec de grands peupliers étendus
Sur l'apathie de son dos.

Au bout de son sommeil,
Tambourine lentement la grande péniche,
Et l'eau surprise clapote des notes de voyage.
C'est la péniche qu'un petit garçon attend...
Sa lente bougeotte n'appartient qu'à elle.
Elle martèle les rives au rythme grave
D'un cœur cuirassé qui bat au fond de l'eau,
Avance avec lenteur,
Joue la grande coquette
Dans sa robe noire du soir
Et sa longue traîne de verre éclaté.
Tirée par un ruban de douceur retrouvée,

Elle sème autour d'elle l'éclat éphémère
De brèves étoiles tombées du soleil
Qui secouent le temps endormi.
L'imperceptible lied d'une fleur
Repliée dans ses sépales d'enfance
Est encore inaudible à la proue,
Et seule l'eau qui tapote la coque
En connaît la mesure.
Un remous léger soufflette la berge,
Prend le bouchon du pêcheur par la taille,
L'entraîne dans une danse un peu folle
À lui noyer la tête trop légère.
La corne s'époumone en baryton
Et après une si longue journée d'arbres salués,
D'écluses qui vous ferment la porte au nez,
Hurle sa joie d'être là.

Le gamin en est tellement sûr...

Tout à l'heure, dans la marquise,
Le batelier à la rondeur tranquille
Manoeuvrait en prince du gouvernail.
À présent, le moteur se tait
Et un chant de galoches incendie le silence.
L'eau tout en éclats met des paillettes
Sur la couverture d'un livre de contes,
La péniche couche sa coque au bord du quai,
L'enfant s'étire sur un quartier de lune.
Le port vide et rouillé de tristesse,
Comme l'eau du canal, frémit pour sourire,
Se nourrit de la fluidité des bonheurs muets,

Devient terre découverte,
Sans consentement du capitaine.

La bière, c'est le repos de l'équipage !
Tout à l'heure, à la Tonnelle,
Il sait qu'ils viendront...
Il sait qu'elle viendra...
La grande péniche ne partira pas sans eux !
Le gamin a tant jeté de fines pépites de rêves,
Tant d'impatiences roses,
Qu'il n'en doute pas.
Mais que faire pour que roule plus vite le temps ?

Le soir s'assied confortablement sur la lune,
Les hommes braillards en bleu ont quitté le zinc,
Et la batellerie en galoches
Fait son entrée solennelle.
On a même droit au silence de son arrivée !
Le capitaine réquisitionne la banquette,
Et la vie alors si forte se fait chrysalide.
La bière devient plus blonde
Dans un demi au col blanc de cérémonie...
À côté... cette petite image,
Carte postale venue d'on ne sait où,
Image tendre d'un facteur invisible.
Elle a l'immobilité d'un albâtre fragile,
Porte un jardin fleuri
Tant habillé de dentelles qu'on dirait tablier...
Et de petits bouquets égarés

Empêchent même deux nattes de grandir.
La petite fée des eaux plates sourit à peine.
Trop belle pour jouer à la Lorelei,
Elle ne chante même pas.

La mousse de la bière
Va se fondre dans le bois de la table.
Le temps de silence n'a maintenant plus d'heure.
Bien vite, sans rien lui dire,
Le cœur de colibri joue au capitaine,
Prend le petit garçon par la main
Descend par le grand escalier,
Fait sonner la tôle
Le long des écoutilles.
On emprunte le colimaçon de métal,
Et on se pose au creux de son petit monde
Dans le ventre de la péniche.
Il est là le Jardin des Délices,
Sans une image de tourments,
Une chaumine bien chaude, bien close,
Aux coussins trop grands.
Et cela suffit à faire de la petite fille
Une tendre madone
Dans le clair-obscur d'une lanterne.

On franchit la frontière
Au pas un peu lourd de la musique.
On ne parle pas, on ose rire un peu.
Dans la petite lumière grise du soir
Qui oublie le hublot,
La péniche toute seule

Les emmène dans un nulle-part,
Leur petit royaume.
Elle laisse dans l'eau se languir les nuages blancs
Et les grands arbres agités du chemin de halage
Qui voudraient bien prendre la place.
Il n'y a plus qu'à baisser les paupières,
Et commence le grand voyage,
Avec un presque rien
Pour faire tourner l'hélice d'un rêve,
Qu'il glisse tout au fond dans sa poche,
Sous un trop gros mouchoir.

Plus tard, les yeux en livre d'images,
Il se serre dans les bras du sommeil,
Se laisse emporter dans un chariot d'étoiles
Qui, pour rire, lui chante des airs de marins
Sur les vagues peut-être blondes d'un canal,
Au plus profond de l'oreiller.

La péniche posera un autre jour sur le quai
Le petit bonheur d'hier.
Son moteur ronchon le promet chaque fois.
Mais elle laissera encore ce rebut de regrets
Qu'il faudra balayer au pied de l'escalier.

M'dame Suzanne a tout lu
Au fond des yeux de son enfant
Qui a verrouillé son doux secret de Polichinelle
Dans le coffret inviolable de son âme.
Ses yeux et les plis de sa bouche
Suffisent pour dire sa joie partagée.

Elle part à son tour pour un beau voyage
Sur les chemins de l'enfance,
Seaux de sable renversés sur l'estran de la plage,
Tire-larigot de châteaux en Espagne
Que les fumées du train de Paris
Au-delà de la rue ne troublent pas.
Elle est en folle vadrouille,
Son gamin qui chante dans le chaud de son sein...

Demain, dans l'aube encore épaisse,
La carcasse de la péniche
Battue à coups de pierre
S'enfoncera en grondant,
Sous le poids du minerai et de la brume,
Absorbée par l'eau glauque du canal.
La corde quittera l'anneau d'amarrage,
Rejoindra le bateau
En laissant quelques larmes sur la coque.
Lente et lourde, au ras des pêcheurs grognons,
Elle laissera battre lentement
Son cœur de grosse dame tranquille
En habit de veuve,
Pour aller nourrir les gueules de feu,
Au bout de la Sarre, avec la montagne
De fer qui borde la Tonnelle.
Elle dépassera alors le Pont Fleuri,
Emportant un doux sommeil d'innocence.
Sur la rue, la Tonnelle s'éveillera,
Et M'dame Suzanne servira ses petits marcs ;
Première petite messe du matin.

Ils ne se sont pas dit adieu,
Ce n'est pas un mot d'enfant.
Ils n'ont pas écrit le mot fin
Qu'ils ne connaissaient pas encore.
Quand passèrent Cupidon et Psyché,
Leurs yeux ne pouvaient pas les voir.
Ils ne sont que petits princes naïfs
Aux genoux couronnés,
Sous la bonne garde des soldats de plomb.

Le canal n'a plus rien à nous dire :
Il a noyé l'image de la fillette
Et fait disparaître la péniche
Dans une brume trop lointaine
Étouffant le souvenir.
Les soirs d'été, en mirages d'argent,
Les ablettes écrivent en cercles d'étranges messages
Qui s'effacent sans qu'on ait le temps de les lire.
Au fond cette eau fade et fourbe,
L'écrit en violette n'a plus d'encre et se perd.
À vider le canal, ne restent qu'une vase illisible
Et quelques cailloux de minerai
Qui ne mènent nulle part ;
Tandis qu'une mémoire usée, maintes fois ressemelée,
Tente en vain d'emprunter l'escalier bancal
De la Tonnelle disparue.

Le caillou

Là-bas, au bout du trottoir,
Sous un grand ciel fatigué de bleu
Et un chapeau plombé de soleil
Qui écrase de son cône de pailles
L'après-midi du dimanche,
Un petit corps replié sans regard,
Une trace laiteuse, un étui de grisaille,
Un feu follet insaisissable oublié des dieux,
Une petite chose animée qui va de ci, de là,
Qui se raconte... dans la page d'un jour engourdi.

Est-ce la nonchalance de l'été
Qui envoie son messager
Pour allumer les réverbères du repos ?
Devant lui un caillou de minerai
Qui refuse d'obéir...
Ses bras s'allongent jusqu'au sol
Et ses mains éclatent en miroir
Dans le grand soleil qui l'oublie,
Lâchement posé sur son dos.
La pierre tente en vain de rouler pour lui faire plaisir :
Elle n'a que les soubresauts hystériques
D'une volaille étêtée qui court derrière sa vie perdue,
Et s'enfuit honteuse dans les hautes herbes.
Le transbordeur s'est tu et les bennes noires
Se prennent à jeter leur ombre trop pesante,
Sans bruit, dans l'ocre du trottoir,
Pour être un peu plus à l'aise, sans doute.

Il arrive, là, de tout près, du fond des cités-casernes,
De la deuxième porte, peut-être de la troisième,
Peut-être d'une autre, qu'importe.
C'est pareil, parce que c'est simple une cité :
On ouvre des portes avec le même bois et le même parpaing,
Bien alignées, tournant le dos à la rue,
Pour ne pas déranger l'insouciance qui flâne,
Pour ne pas troubler la joie de vivre
De ceux qui ont toutes les réponses
Et laissent derrière la grille de leur jardin
Ce fardeau de questions trop lourd à porter
Sous le chapeau d'un bonheur d'été.
On dresse aussi un muret planté de ferraille,
Pour être bien chez soi, chacun de son côté,
Avec un peu de brique autour
Pour faire bien, pour faire croire...
Pour le bonheur de l'armée des mineurs,
Avec une défense d'entrer si on ne veut pas savoir.
Entre elles et la Tonnelle, une montagne de cailloux
Sueur du fond et du boulot qui arrive là sans mal,
Laissant la peine dans l'odeur d'ail d'une lanterne,
Au bout du mystère d'une galerie perdue,
Où miche et pinard éclatent
En étincelles de pioche.

Le caillou retrouve la poussière du trottoir,
Et reprend sa marche forcée
Sous les coups farouches qui tracent le vrai chemin,
Le chemin des choses qui obéissent au vent, à la pluie,
Et à un petit homme, grand maître de cailloux.
Le grand soleil étouffe la haine brûlante

D'un gamin ébouriffé, litres vides au bout des mains,
Qui pousse son caillou de lassitude,
Fait éclater son caillou de colère,
Refuse le caniveau et l'abandon.

La Tonnelle est au bout de la poussière,
Au bout des coups de pieds,
Avec un caillou docile, abandonné devant la porte
Comme un chien battu
Sur le trottoir de tous les résignés.
Près du comptoir trop grand pour lui,
L'enfant se hisse et pose ce qui est vide sur le zinc
Contre un poids de chagrin.
Il y abandonne avec économie
Un bonjour inachevé
Et puis « deux autres, ma mère payera à la fin du mois »
Dos tourné à un comptoir qu'il repousse,
Il écrase les mains dans ses poches.
Les bretelles qui soutiennent lâchement sa culotte
Semblent le porter.
Le corps tout en absence,
Il se laisse aller dans le vide de l'oubli,
Celui d'une souillure sur une table de cuisine,
Celui d'une violence qu'il ne peut saisir.
Les deux boutons que sa chemise a perdus
Laissent voir la chair fragile de son cœur.
Il n'attend pas ; il est là, devant elle...
M'dame Suzanne disparaît un instant dans ses caisses,
Plante sans sourire sur le zinc
Les mêmes bouteilles que celles du matin.

Il repart avec deux litres plus sombres que les autres,
Reprend son caillou, sans le lui demander,
Le frappe violemment du bout de ses sandalettes
Aux lourdes semelles de pierre.
Sa culotte danse au bout des deux bretelles
Et accable ce petit corps ballotté.
Il laisse son ombre derrière lui comme s'il se refusait.
Et ses deux grandes mains traînent plus noires encore...
Il retourne à la cité presque endormie pour la sieste,
Les yeux éteints dans sa complicité,
Avec un été qui croit n'oublier personne
Dans sa régalade de plein soleil,
Où la misère se tait,
Où personne n'entend rien.
Le tramway vide sonne dans la rue
Peut-être comme la clarine du troupeau
Qu'on voit dans la montagne
Sur la carte postale
En noir et blanc du bureau de tabac.
Mais il n'a ni vu, ni entendu la montagne...

Au cœur ventru et repu de la ville
Les quatre heures du clocher Saint-Martin,
Sous le poids du soleil, dictent la somnolence,
Et se posent lourdes sur les parias d'en bas,
À rendre jalouses les bonnes bigotes aveugles,
Débordantes sur leur siège dans le calme du parc,
Tranquilles sous les marronniers,
Dans leur perversité au joli flot d'innocence.

Elles tricotent dans le rose et le bleu,
Loin des sales gosses d'ouvriers qui n'ont pas de montres.
À quoi bon couper en deux un manteau...
Il n'écoute pas... Il ne voit pas,
Il se traîne dans son lourd chariot de routine,
Il ne sait même pas qu'il est malheureux.

Il n'y a plus qu'à attendre le coucher de ce soleil
Si beau, si doux, et après le dîner,
Venir goûter le nouveau banc du jardin,
Si on est d'en haut.
Ce soir raconte l'histoire des autres soirs
Comme en bas...
C'est vrai, dans cette petite Italie
Où se lisent des noms d'exil tatoués sur les portes,
On entend quelques éclats de voix.
On voit une femme, que l'enfant connaît bien,
Courant dans la rue,
Un voisin qui se met à gueuler
Même si cela ne sert à rien...
Et le transbordeur, témoin infatigable, qui ricane
Dans la grinçante ritournelle recommencée,
Qui n'intéresse personne,
Qu'on n'entend même plus
Quand tout se répète...

M'dame Suzanne est trop loin pour entendre.
Elle ouvre le grand cahier griffonné,
Compte les litres de la misère qui se paie.
Le village et la ferme lui manquent ;

Elle s'évade et file au grand pré des Fontaines,
Bien assise dans le foin fraîchement retourné
Où, depuis toute petite, elle a tiré le râteau.
Elle somnole sous son grand chapeau,
Goûte l'odeur de fenaison, ne pense qu'à rire,
Écrase dans ses doigts une marguerite de porcelaine
Fraîchement sortie du four en soleil.
La Vologne se frotte au bord du pré
Et coule un peu de sa lumière si fraîche...
Elle sent encore sur ses épaules nues
Les gouttes d'eau claire posées là tout à l'heure...
Elle se blottit dans ses propres bras,
Se serre très fort pour être sûre d'être seule.
Elle écoute l'éternité de la rivière,
Qui endort des milliers de galets
Tellement doux quand on y met le pied.

Il se fait tard sur le trottoir des cités.
Un arbrisseau aux racines égarées
S'installe dans la caillasse,
N'écoutant rien, pas même les étoiles.

Le vélo d'Icare

Le cambouis de la salopette
A emporté le rêve bleu.
L'épaule n'a que faire de cette bretelle qui s'ennuie
Et pendouille dans l'abandon.
L'orgueil maintes fois blessé tourmente le visage,
Et ne laisse vivre que des yeux
D'une fragile humanité.

Il se courbe sur le zinc, saisit son verre de rouge,
Et ses lèvres mordent dans ce ballon gonflé d'ivresse.
Dans ce monde clos de la petite histoire de soi,
C'est lui qui veut la place
Pour dessiner l'espace qui brûle ses jours.
Et il refait la course,
Griffé jusqu'au fond de la poitrine,
Dans la douleur colorée d'un peloton
Où l'anonyme se perd à jamais
Et n'est plus qu'un dossard
Qui fléchit au ronron de la route.
Et ses lèvres mangent encore ce vin
Qui ravive la mémoire
Et efface la peine.
Il file, parle, file encore...
Tous les coudes au comptoir
Sont au bord de la route
Et regardent son rêve qui passe.
Le chemin des mots grimpe sans cesse,
Une grande bosse efface la colline,

Le paysage se ferme sous les voûtes de peupliers
Qui tremblent pour lui,
Se perd en petites niches à coquelicots,
S'éteint en talus aux herbes épuisées.
Et il boit cette bosse de Maron
Pour désaltérer sa souffrance
Et sa honte de vaincu.
Les Rabut, Mimile Haag, et le petit Bauvin
Ont courbé son dos,
Couleur flamboyante et perdue,
Dans cette inexistence qui glisse
Sur l'horizon des avoines et des blés,
Au sein d'un troupeau ilote du dimanche
Aux épaules déhanchées dans le carcan des boyaux de secours.
Il mange encore son vin
Et s'abreuve au mauvais sort du vaincu
Loin des bouquets et des baisers,
Loin de la photo d'une gloire
Qui éclate aux quatre vents du lendemain.
Son verre vide va chercher au zinc
De quoi chasser l'amertume qui tapisse ses lèvres
Et saisir la chimère qui file devant lui.

M'dame Suzanne, innocente prêtresse
À l'autel des oubliés de la route,
Attend que glissent les coupes
Pour que coure encore l'hallucination bavarde.
Entre ses mains, collé sur sa poitrine,
Le vin dissipe sa magie.
Elle n'entend rien, n'écoute pas,

Court en liberté pour un plus beau voyage,
Rêve avec Georges Briquet, colporteur d'images,
Qui lui dessine un Tour de France à la TSF,
Reconstruit pour elle seule la nef de Beauvais,
Ravive les vitraux de Chartres,
Caresse de la voix la chevelure dorée de la Beauce,
Fait glisser le sable entre ses doigts
Lorsqu'il passe à La Baule,
Ouvre les portes du Capitole,
Et repeint Sainte Victoire...
Il reconstruit pour elle encore les murailles des villes
Et offre même aux coureurs cette ombre fraîche
Qui court pour eux beaucoup trop vite,
M'dame Suzanne rougit de son absence
Et se replace discrètement,
Du mieux qu'elle peut dans les roues
Du peloton bavard.

Lui, il pédale, pédale plus fort dans la côte de Frouard,
Redit son démarrage héroïque,
Le glisse, étincelant, entre ses deux paumes ;
Cymbales brèves d'une fanfare éphémère,
Noires et clinquantes au zinc,
Noires et atones au fond de l'atelier...
Elles sont là, les lourdes bécanes du quartier,
Peugeot et Terrot des humbles,
Sans dérailleur ni boyaux,
Couchées les unes contre les autres
Dans le gras d'un atelier sans soleil,
Où le cambouis habille la fatigue du rêve perdu,

Où les journées se boulonnent et se vissent
Jusqu'au puits de l'ennui.

Du fond de sa tristesse, il accroche alors son rêve
À ce vélo jaune flottant sur la vitrine nue,
Guidon lancé vers le ciel
Pour prendre son envol.
Et il part avec lui,
Vers ce doux royaume des oubliés,
Des dos voûtés et des sans-grade,
Des épuisés en côtes de Moselle
Et leurs mirabelliers bien en chair...
Laissant dans le marigot de l'orgueil noyé
Les bouquets sans fleurs et les baisers en poste restante.
L'oiseau flamboyant des routes
Emporte cet essoufflé des fades journées
Qui grise sa lassitude
Dans l'abandon au bord d'un zinc
Où le vin ferme la plaie du regret.
Ainsi recommence le même triomphe des mots essoufflés,
La même course frelatée aux alouettes,
Au bruit d'un transbordeur qui tue les chants d'oiseaux.

Et puis un jour se ferme la porte
D'un atelier sans soleil.
Le vélo jaune prend son envol
Pour emporter cet Icare aux ailes brûlées,
Sur une ligne d'arrivée cousue d'images,
Où ne poussent que les vignes de l'illusion.

Et le tramway n'a point de cesse
Que de balayer cette vitrine,
Pour effacer le sombre reflet
Du mirage qui éclabousse les yeux,
Tandis que battent des deux mains
Les dieux implacables d'une route imaginaire.

Les chapeaux de paille

Le soleil de l'aube s'étire sur la rue,
Quitte même le trottoir pour allonger le tramway du matin.
M'dame Suzanne le voudrait déjà sur le seuil de la Tonnelle,
Mais ce faiseur d'aurore s'entête à rester au lit ;
Amant prétentieux, il se fait attendre.
Alors, elle joue la coquette et fait briller le zinc encore froid de la nuit.
Et puis voilà que se pose un à-plat de lumière sur l'escalier,
Doux et long comme un cou de femme.
Rien de mieux à faire que d'attendre et faire briller encore.
C'est samedi et toute la semaine est presque dite.
Elle irait bien s'asseoir sur l'escalier,
Mais les matins d'été qui n'éclairent
Que les chemins du travail,
Intiment l'ordre de l'habitude
À grands coups de versets éclatants,
Que des anges-oiseaux cachés dans la vigne vierge
Distillent lâchement.
Comme toutes les autres saisons,
Il lui refuse heureusement cette paresse !
Un semblant d'effort la fait rester là
À guetter cette entrée chez elle de ce premier visiteur,
Toujours assis sur le seuil,
Posant sa grande langue de lumière dans le bistrot,
Avec la lenteur des paresseux du Midi.
Elle le dit et elle ne peut se tromper...

M'dame Suzanne aime le soleil
Mais la batiste et la cotonnade
Ont mis sa peau au secret,
À l'abri des vents de sable
Qui brûlent jusqu'aux petites joies
Et les caresses perdues.
Elle allume tous les calumets de paix
Qui l'aident depuis toujours à supporter
Ses journées et leurs accrocs tout juste ravaudés.
Son âme timide se voile de légers nuages bleus,
Écarte les éclats de vie
Pour ne pas briser son petit soleil en pluies de larmes,
Pour ne rien retrouver des moisissures d'autrefois.
Elle ne le dit pas mais ses plaisirs
Ne sont que silences en sourires,
Tressaillements et minces frissons retenus....
Elle aimerait se glisser, secrète,
Dans la peau chaude et dorée
De ces belles italiennes, filles du Sud,
Qui posent dans les revues de mode,
Avec un je ne sais quoi plein soleil de cinéma,
Sous un grand chapeau de paille.
Peut-être, dans ces pages toutes chaudes de la vie,
Serait-elle une autre...

Ce soir, le maçon à la charrette
Viendra, comme tous les samedis,
Elle fera avec lui son voyage italien.
Il a un rocher à la place du visage
Une poussière de pierre cache sa malice
Et sa voix qui se casse arrive même à dire sa musique.

Au bout du comptoir, comme ça pour ne pas être trop retenu,
Il roule ses mots dans une enveloppe de sourire
Et M'dame Susanne reçoit avec délice ce chant de voyage.
Elle a son plein de soleil d'une Italie
Où la pluie triste de ses jours sales s'évanouit.
Avec lui, elle échappe à la cité
Qui se noie en litres de misère,
Aux cornes insolentes du canal à potron-minet,
À ce Paris-Strasbourg qui met la Tonnelle en tremblote.

Il est son baladin qui chante les nuits au bord d'un lac,
Qui grimpe les chemins pavés des ânes,
En complicité de sueur, de rythme et de lenteur,
Beaucoup trop vite pour elle
Qui veut donner du temps au plaisir.
Pour elle encore, il traîne la faux au ras d'une terre chaude
Sur les terrasses et leurs murettes de pierres plates.
Il monte, sans fatigue de la voix,
Tout en haut, à la rencontre
Des chênes rabougris et assoiffés.
Il embrasse la vallée et le lac
Enroulant les « R » comme une brise fraîche
Chantant des « L » comme une longue corde de mandoline,
Dans les mains d'un pâtre qu'il aurait pu croiser.
Il marche dans les ruelles qui résonnent,
Avec le linge aux fenêtres,
Drapeau de paix dans les ménages,
Qui raconte la vie de tous les jours,
Rencontre des belles en robes fleuries
Qui cachent leurs yeux tendres dans l'ombre

De grands chapeaux de paille... encore et encore...
Belles Italiennes prudes en robes claires...
Il ne le dit pas : elle le sait...
M'dame Suzanne sent cette caresse douce de cotonnade chaud
Sur sa peau toute lisse, camaïeu de rose et de blanc,
Et frémit en secret de ce bonheur caché.
Elle oserait presque être femme !

Elle a pris des billets de voyage,
Des allers sans retour pour cette Italie qu'elle écoute.
Derrière le zinc brillant, elle plisse les lèvres
Retient un sourire, cache sa joie,
Et gratifie d'un peu de vin le conteur.
Et la voix de rocher chante, roule,
Et l'emporte, là où elle veut aller,
À l'ombre des lointains châtaigniers,
Qui sentent bon les marrons chauds
De la Place Saint-Jean.
Les sentiers se grimpent par enchantement à dos d'ânes,
Bêtes dociles qui vous accompagnent de la tête et des oreilles
Notre maçon à la charrette en rit et elle aussi... sans doute.

L'homme sage, l'homme-sourire,
Briseur d'ennui dans la mélodie des mots,
Retourne ensuite chez lui
Au bord de la Grande Rue
Derrière la grande porte de la ville...
Au fond du couloir, il monte l'escalier

Qui tourne au cœur de la petite cour
Avec son petit coin de ciel comme là-bas,
Qui crie comme une ruelle d'Italie.
Tout en haut, il est chez lui comme avant...
Avant...
Avant que la faim ne l'ait emmené bien loin,
Quand le grain était devenu trop petit,
Que le village pleurait au bout de la moisson.
Tout en haut, il ferme la porte.

M'dame Suzanne retrouve le bruit rude de la vie,
Et le quinquet du jour perd un peu de lumière.
Elle n'attend qu'un nouveau voyage
Vers une petite clairière,
Délicatement posée à tous les horizons de sa rose des vents
Ouverte comme un bouquet,
Où les vieilles souches de la peine
Laissent un brin de place à des ânes qui broutent,
Sous un ciel où courent d'infimes nuages
Qu'on dirait chapeaux de paille...

Le tablier blanc

La nuit fait son lit
Et les boutiques remisent leur image.
La ville allume ses lanternes et fait le débarras
Des dos ronds sur les vélos du soir,
Des vieilles guimbardes qui frôlent les tramways
Et les minois candides installés en sous-verre,
Avec des sourires de madones
Qu'on emporte en banlieue.
L'ingrate ouvre le gué pour laisser filer
Tout ce qui l'empêche de dormir.
Le pavé de la rue hoquette alors
Le long refrain des bagnoles qui couinent
Pour parler d'avant guerre,
Et les sauts de grenouille
D'une rare quatre-chevaux.
Et puis ça tape, grince et ferraille à qui mieux mieux
Au passage de camions rabat-joie
Qui implorent la retraite.
Tout s'en va, tout roule jusqu'au dernier bruit
Qui verrouille la cavalcade du soir.

Au matin, la ville sonne le rappel et sourit
Quand revient ce qu'elle a chassé la veille.
Et commence alors le long défilé qui la salue,
La gorge encore encombrée du sommeil,
À coups de klaxons enrhumés,
De ceux qui vont nourrir son ventre chaud.
Et recommence le boulot de la vie, qui va rouler sa bosse

Dans les tripes des hommes
Où brûle déjà l'essence des faits divers.

M'dame Suzanne attend pour sonner les matines
À coups de petits marcs,
Et de petits canons qui nourrissent les journées.
Hors le marchand de froid qui apporte les pains de l'été,
Et le livreur, homme fort qui roule le vin ou la bière
Avec son tablier en peau de bœuf
Pour être plus fort encore,
La rue roule droit devant elle,
Enfournée par la ville,
Comme le bon pain du jour.
La Tonnelle n'est plus que quête de bonjours
Au bord d'une rue qui court trop vite pour elle :
Les casquettes secouées et folles dans les camions,
À croire qu'elles sont en goguette ;
Les chapeaux gris qui saluent le pare-brise,
Qui ne saluent personne,
Bien posés sur des cravates qui glissent
Dans les belles limousines ;
La cigarette qui s'endort et se réveille au coin des lèvres
Dans un tacot poussif
Ressuscité dans le foin d'une grange,
Trésor clandestin d'une résistance passive,
Traînant dans un grand coffre d'Ali Baba
Un amas dérisoire de vieux trèfles à quatre feuilles.

M'dame Suzanne, en petit bibi à voilette,
Derrière un sévère chapeau gris,

Au fond d'une limousine, étirée et féline,
Sur les Champs Élysées de l'opulence
Se laisse porter dans la brillance du zinc
Qui peut tout inventer pour elle.

Avec l'après-midi qui traîne ses heures,
Une belle voiture décapotable, longue et fine abeille,
Cesse de tracasser le pavé et se pose le long du trottoir,
En face des casse-croûte à toute heure de la Tonnelle.
Un homme seul sort alors de sa boîte à malice
Qu'il laisse béante comme si elle n'avait rien à cacher,
Et sa traversée de la rue arrête le torchon de M'dame Suzanne
Au bord d'un verre à bière.
Il boit lentement le café servi.
Au prix où il est, dit-on ensemble.
Que faire, dit-on encore.
Et l'arôme qui monte de la tasse
Se fait volutes de mots qu'on ne retient pas.
M'dame Suzanne part en voyage
Et l'horloge se mêle alors à compter le temps de demain
Derrière l'écran brillant de ses yeux.
Elle n'attendait personne dans sa petite gare secrète
Où ne descend que l'impossible
Dans le silence d'un quai qu'on ne trouve jamais.
Le café bu, il s'en va promettant de revenir.
Le café moins cher se trouve...
Il laisse une tasse vide et l'empreinte de ses lèvres
Qui n'ont plus rien à dire.

L'abeille repart dans le froid
Et les caprices d'un printemps qui se refuse.
M'dame Suzanne ne pense qu'au café moins cher.
Sans doute, sans doute... Elle se regarde,
Enlève le tablier blanc du travail, le remet,
Pour ne pas retenir la page du roman qu'elle referme.

L'abeille n'est pas plus belle quand elle revient.
Elle brunit sous le pâle soleil
Mais lui, paquets de café sous le blouson de cuir,
Triomphe au coeur du comptoir de l'après-midi.
M'dame Suzanne trouve bien lourd le tablier blanc
Et elle quitte son emploi devant le livreur
Qui cache son mystère dans la petite fossette du menton,
Dans un sourire retenu,
Dans ses yeux profonds comme des pique-plumes.
Les banalités défilent en uniforme d'enfant de troupe,
Se répètent malgré les rappels à l'ordre de l'horloge...
En attendant le prochain rituel de l'après-midi,
Et l'arôme du café...

M'dame Suzanne sent sur sa peau
Ce petit printemps malade sans feuilles, sans fleurs.
Elle l'interroge, fouille ses buissons,
Habille les tendres bourgeons de suppliques...
Il lui dit seulement la vie qui sourd,
Lui parle d'hirondelles.
Elle remet son grand tablier blanc.

Le printemps ! Pour faire semblant, il sait !
Il se découvre un matin dans une aube
Brillante de rosée, à faire chanter le bleu qui se cache.
Il dit tout et on le croit avant qu'il ne s'en retourne
Dans le ciel tourmenté des caprices.
La journée respire plus fort, le ciel monte plus haut,
Et la Tonnelle ouvre ses portes.
Il arrive, ils ne se parlent pas, elle quitte le grand tablier.
Nombreux ont été les autres printemps
À tisser la clarté de sa robe ;
Qu'importe... les fleurs y dorment encore belles.
L'abeille les emporte tous deux, vite, vite,
Au bout d'un mystère
Qui restera illisible dans les marcs du café.
Le soir, quand le zinc la retrouve,
Les yeux giflés par le vent
Malicieux et frivole du voyage,
Elle n'offre qu'un pardon de cheveux un peu fous,
Quelques fleurs d'une robe à peine chiffonnées,
Et un silence à tout jamais gravé sur sa peau.
Elle sourit et remet le grand tablier blanc.

Le printemps en fait toujours des siennes !
Il ne se cueille pas comme une belle pomme,
Il peut être rugueux et taire les chants d'oiseaux,
Il peut ouvrir des dimanches d'hiver,
Il peut étouffer un doux voyage.
Quand par un des après-midi sans fin,
Sort de l'abeille une dame de pique,
Perchée sur de cruelles aiguilles,
Un vison aux griffes fatales

Sous une coiffure froide d'argent et un masque de beauté,
M'dame Suzanne n'est plus que pantin
Dans un carcan d'épines.
Elle laisse dire puis partir le fiel parfumé
De cette police des cœurs,
Tandis que les verres égouttent lentement
La tristesse qu'un torchon n'essuie pas.
Ce soir-là, les petits canons semblent ne plus chanter
Comme les autres jours ;
M'dame Suzanne n'entend plus que les fausses notes
D'un cœur défait, blessé, en vrac,
Et le violent silence que porte l'airain de la nuit.

Les feuilles mortes et froissées du calendrier
Ne sont plus d'aucune saison.
La faille brûlante de regain
N'est plus qu'une cicatrice dure et froide,
Une histoire bâillonnée sous la glace de l'hiver.
La rue a repris sa coulée dans ce fichu printemps,
Elle n'a rien entendu et tout est comme hier.
Seul, le café est maintenant plus cher.
Quelque part, trop loin, une hirondelle
Maçonne un beau printemps.
M'dame Suzanne ne quittera plus jamais
Son grand tablier blanc,
Résignée sous une perruque de plomb.

Fontaines

La rue ne connaît que l'habitude :
Le train à côté d'elle qui la secoue toujours plus vite,
Le tramway qui benne vers la ville
La troupe somnolente ou songeuse de cette petite banlieue,
Le transbordeur qui la défie de haut.
Elle vit l'habitude d'une vieille fontaine,
Non pas cette belle fontaine toute fleurie
Qui sourit aux anges
Au milieu de la grande place,
Où se baladent costumes et cravates.
Avec sa foule du dimanche enroulée autour d'elle,
Avec son armée de chapeaux
Qui s'envolent à peine
Pour retomber sur des crânes nus,
Et des sourires minaudés en margelle.
Et puis, des amoureux qui se serrent très fort au fond du miroir
Et de vieilles dames qui n'osent se pencher
Pour ne pas vieillir trop vite.
Et encore, des pigeons mal élevés
Qui réservent leur place au balcon
D'une saison sur l'autre.
Pas même le bassin de grès
Barbé d'une mousse sans âge
Au carrefour du village,
Abreuvoir où trempe le linge,
Qui chante tranquille la nuit, le jour,
Et raconte le demain dans la chanson d'hier.

Non, une borne fontaine qui ne coule ici
Que lorsqu'elle a râlé son content.
Une vieille borne fontaine suintante de rouille,
Champignon hideux de fonte, tout près de la Tonnelle,
Qui braille à coups de tourniquet au bord du trottoir.
Une borne fontaine qui ne connaît
Que l'habitude de ces commères du quartier
Courant y tirer un peu des mauvaises nouvelles
Et tous les vers du nez d'une voisine,
Qu'elles emporteront dans des seaux opaques.
Tout ça, c'est sûr, ne s'entend pas :
La fontaine fait se noyer le ragot au grand fracas
De sa goualante métallique.

Derrière son zinc, M'dame Suzanne entend
Le tourniquet parfois agacé de médisance,
Parfois simple toupie brutalement réveillée
D'un marmot qui ne débarbouille jamais sa malice.
Elle n'aime pas le crachat de cette fontaine,
Mais se glisse tant bien que mal au bord du cercle
Où sont toujours là celles qui viennent à l'eau,
Les hanches lourdes balançant plus fort que le seau.
Un brin curieuse, elle écoute le journal quotidien
Lu à haute voix à coups de cancans grinçants
Et de coudes battant comme des ailes
Jusqu'à meurtrir les côtes des voisines.
Le tourniquet chante faux,
La fontaine crache, les seaux débordent,
Et le trop plein sale trouble l'eau claire
Dans la boue du caniveau.

Et puis la Berthe arrive, un peu avant Midi,
Pour y remplir sa carafe d'eau fraîche...
À mouiller les petits verres de vin de son repas.
Elle sort de chez elle le visage caché
Derrière un lissé de poudre de riz,
Les cheveux en ordre de ville,
Un tablier qui s'oublie dans l'ordinaire des choses.
Elle coûte un bonjour, elle coûte un au revoir.
Après ce cérémonial, elle rentre chez elle.
Elle est, elle aussi, habitude du quartier,
Habitude de sourire et silence.
Elle n'est qu'une traversée prudente de la rue oublieuse,
Une vie cachée dans un immeuble
Que les locomotives ont badigeonné en gris,
Avec de longues fumées qui lui interdisent la vie qui passe ;
Et des fenêtres souillées qui ne regardent rien,
Pas même une branche d'arbre perdue au bout d'un nid,
Trahies par la secousse inlassable des trains.
Elle est l'épouse sage du garde-barrière de la Ravinelle
Au service des traînards de la nuit,
Ouvrant le chemin entre deux trains
Qui garantissent son éveil.
Elle dort et ne dit jamais les rêves
Que fait l'épouse du garde-barrière
Qui ouvre des portes de la nuit...
Qui part le soir, longeant la voie,
Sûr ainsi de retrouver sa barrière, sa guérite,
Le poêle à charbon et la vieille table noire
Où poser les coudes de l'ennui.

Et traînent les heures au bruit des trains
Qui fouettent la barrière et la Berthe
Dans son sommeil secoué.
Elle éveillera son sourire demain au petit jour,
Quand il posera à la cuisine la musette de cuir
Qui sent le voyage des autres.
Simple habitude de sa vie verrouillée,
Même si le ciel ne reconnaît plus ses nuages
Trahis par une fumée puante,
Même si le train interminable martèle la voie,
Même si le garde-barrière ferme les yeux de l'aube.

Elle ira à midi à la borne fontaine,
Remplira sa carafe pour mouiller son vin,
Portera chez elle un peu de cette eau des collines,
Qui a flâné dans des ténèbres de fougères,
Et d'étoiles prisonnières,
Crevassant la pierre tendre
Emportant avec elle un peu de son chemin.
Elle y retrouvera M'dame Suzanne,
Sa payse rebelle, installée à jamais
Dans les failles immuables du granit et du grés,
Où frémit une eau claire
Avant de s'empêtrer tout là-haut
Dans la surprise d'un rai de clarté,
Chanter au premier caillou venu
Un petit air tout neuf,
Et recommencer rien que pour lui.
La Tonnelle n'est plus le canon de trop du garde-barrière,
Ancien de Salonique, un œil trouble au zinc,
L'autre perdu là-bas, on se demande pourquoi.
Elle devient douce auberge de l'autre côté de la rue.

Le tourniquet tourne et tourne
L'eau se libère et piaffe....
Et M'dame Suzanne et la Berthe
Ont rendez- vous à la fontaine.
Au pas de petits mots qui cancanent,
De tendres « celui qui », d'impitoyables « celle-là que ».
Leur passé reprend le chemin de chez elles,
Les voilà en route ensemble sans le savoir,
En marche vers des images refoulées,
Ne se quittent qu'au bout du pont
Qui sépare leurs deux villages.
La Vologne est là qui raconte leur enfance,
L'église écoute leur théâtre de fillettes en dévotion,
Accueille deux communiantes,
Et célèbre leur mariage.
Leurs bottines virevoltent légères,
S'envolent sur les chemins de terre,
Se poussent du talon au prêche du dimanche.
Leurs jolies nattes tournent à l'unisson
Vers le garçon de la travée d'en face,
Quand la messe monte en prières
Au plus fort du Gloria.
Et elles font couler l'eau de leur fontaine,
Fontaine bleue qui coule des clins d'œil complices
Échappés de l'habitude.

C'était, il y a trop longtemps...
Le zinc de la Tonnelle n'est plus
Qu'un tombeau où la gouaille s'est perdue.
Les casse-croûte à toute heure ne sont plus à lire,

Le bistrot s'aligne anonyme
Dans un quartier qui n'accueille plus
Que brumes, fumées et brouillards.
La borne-fontaine et son tourniquet braillard
Ont été engloutis par la rue
Et le livre d'histoire n'a plus de pages où écrire...
M'dame Suzanne a retrouvé la vieille ferme.
Elle se lève dès que le coq ébouriffe son camail
Pour ouvrir sa journée de tyran tranquille.
Grâce à la reconnaissance des Chemins de Fer,
Bien redevable pour toutes les nuits perdues
D'une épouse de garde-barrière,
La Berthe prend son omnibus gratuit
Avec sa petite valise de souvenirs
À poser délicatement au bord de la Vologne.
L'habitude de poudre de riz ne suffit plus à cacher
Les fins sillons de la vie.

Qu'importe ! Son mince sourire affiche,
Pour qui sait le voir,
La cascade d'images qui coulent en elle.
Oh ! Une petite cascade seulement,
Rien... Un petit rien pour un moulin d'enfant
Derrière des paupières mi-closes
Qui laissent juste passer le doux filet de l'eau
Afin que ne tournent pas trop vite les aubes fragiles
Du souvenir sans cesse réécrit,
Quand M'dame Suzanne ouvre une dernière vanne d'images,
Loin du tourniquet de leur déjà lointaine rencontre.
Au bord de la fontaine, à la ferme retrouvée,

L'eau fait le temps bien tranquille,
Un peu comme leurs montres en sautoir
Qu'elles portent parfois ensemble,
De jolies montres en or qui ne marchent plus.

Seul, un petit rien dans la voix de la Berthe
Chante en discordance ce retour passager ;
La rancoeur tenace de la vallée retrouvée
La laisse étrangère à celle que le vent portait
Quand, il y a longtemps, elle s'asseyait au bord de la rivière
Pour abandonner ses rêves
Dans l'écume de l'eau.

Reste enfin ce bois délavé d'une table de terrasse,
Près de la fontaine,
Où roule une mirabelle oubliée de l'été.
Les Brasseries de Maxéville y écrivent encore la bière,
Celle de la Tonnelle au bout de son voyage.

Attente

Le cœur de la Tonnelle ne bat plus.
Les vieux murs ont trop de silence derrière eux
Pour dire qu'ils sont froids en hiver,
Que le chaud s'écrase sur la peau,
Quand un halo de soleil
S'étale sur l'horizon laiteux du soir,
Et que si ça craquelle, ce n'est que d'oubli.
Rien ne sert de gratter le crépi sale,
Ni les volets rouillés.
Le sang et la vie ne se caressent plus
Dans la chaux morte,
Et l'écho se tue contre la pierre
Qui ne reconnaît plus les siens.
Les anneaux d'amarrage
Ont épousé le givre
Sans regret de la corde d'amour.
La dernière péniche a emporté avec elle
Des lambeaux du vieux quai
Dans le matin tout engourdi.
Elle est partie, la cale lourde
Plus noire que les autres fois,
Dans une brume épaisse
Qui pesait plus fort encore
Sur le canal encore plat de sommeil.

Les galeries englouties sous la colline
Dans une impénétrable solitude
Ne résonnent plus que de ce glas des gouttes d'eau

Qui court dans de longs couloirs,
Se perd puis revient pour une supplique
De lumière, de vie et de pierre éclatée.
Le train est toujours cet ouragan
Qui se jette sur l'ennui du rail
Mais sans panache,
Sans secret de voyage caché
Sous une enveloppe de fumée.
Le transbordeur est parti
Laissant le ciel vide
Et la cité dans l'insomnie du silence.

La chanson de la ville ne s'entend plus,
Et le vieux village s'étale dans le lit du soir.
Les poules gloussent une histoire
Aux passants qui ne sont plus là,
Dans une langue inconnue,
Vieille de plusieurs millénaires,
Avec un œil aliéné,
Et l'autre à la pupille sans lumière.
Le soleil se glisse sans rien dire
Derrière le rideau sombre de la colline.
Comme chaque fois, il emporte son bagage de lumière
Ne prend jamais de retard pour abandonner
Ceux qui ont peur de la nuit.
M'dame Suzanne s'accroche au couchant
Comme s'il pouvait encore lui offrir
Un parfum né d'un ciment de vin, de cailloux, de fumées.
La Tonnelle est bien trop loin derrière ses yeux ;

Loin aussi l'univers simple des traîne-galoches
Pour le partage de la tendresse évanouie.
Elle s'offre au temps qui passe sans s'occuper d'elle,
Elle s'offre à attendre lentement,
Parce qu'il n'y a rien d'autre à faire.
Elle s'offre à ce pâle soleil qui s'en va,
Qui lui laisse un demi-visage de lumière,
Qu'il effacera tout à l'heure.
Elle caresse, dans ses cheveux blancs,
Un peu de ses rêves que le peigne arrache chaque matin.
Le jour laisse le temps muet quand il éteint
Dans le rose illusoire l'image si réelle du rêve.
Il est encore là pour inventer, devant elle,
Les champs en terrasse
Quand la charrue ou la herse
Jouaient au calendrier
Pour que batte le sang au fond des sillons.
Les talus écrasés en pente lisse,
Sous les pas d'un bétail indolent,
Ont tué les saisons
Et mis la somnolence dans un limon
Que le printemps n'éveille plus.
La perle du matin cherche en vain
L'herbe folle pour pavaner au premier soleil.
Pas même l'araignée pour la mettre en collier,
Encore moins la coccinelle
Pour le dire au bon dieu.

Alors, elle attend, attend encore...

L'après-midi, sous son chapeau de paille,
Assise au bord du jardin sur la vieille dalle de grès,
Elle s'enivre dans le parfum des giroflées
Qui revient à chaque printemps.
Elle glisse cette douceur au fond de sa peau
Et retrouve ce délicieux souvenir,
Comme si ce parfum avait fermé le temps,
Comme si tout était immuable,
Comme si se griser valait bien une vie.
La Tonnelle n'est plus qu'une invention de la ville,
Etouffée dans des alcools maléfiques,
Un feu follet de mélancolie sur une ligne de tramway
Au terminus introuvable.
M'dame Suzanne attend, puisqu'il le faut,
La poussière qui ferme ses yeux,
Celle qui vous emmène
Bien plus loin que tous les avenirs,
Bien plus loin que toutes les vieilles photos,
Flaques d'eau ou de larmes,
Abîmes flous et désespérants,
Théâtre du sourire sous la cendre.

Elle revient souvent
Ecouter la vie secrète du jardin,
Sans trop le déranger,
Gardant pour elle seule
L'ombre de son précieux chapeau de paille,
Acheté sous la pluie froide
De la Piazza della Signoria,
Un jour d'aucune saison

Où coula en elle, le temps d'une seconde,
Un sang violent et chaud
Qu'elle crut florentin.

Oubli

Et maintenant ?
Le vieux zinc n'est qu'un reclus
À l'orée d'une forêt sombre, sans saison,
Bien loin de la Tonnelle,
De la cohue gouailleuse et fraternelle,
De M'dame Suzanne, de sa tendresse aussi.
De l'éclat matinal,
De la souillure des alcools magiques,
Des doigts de la fée et de son ange,
Il n'y a plus rien de cela au fond du hangar,
Où le bois a pris le cheveu gris de la moisissure
Sous la chape d'une éternité sans lune,
Dans un bric-à-brac d'abandon
Que tempère si peu l'araignée du soir.
Son âme de métal ne résonne
Que faiblement du chœur lointain
D'une multitude complice,
Autrefois serrée au coin de rues,
Dans les cités et les bouts d'impasse,
Plus disparue que lui.
Il n'est plus l'agora
Des tournées en vin gai ou mauvais,
La brève escale-vérité des hommes,
Pour tout dire de l'ennui et de la joie.
Non ! On ne tape plus du poing sur le zinc
Pour une révolution chimérique
Dans nos villes du « tout-télé-chez-soi »
En panne à jamais de quartiers en belote.

Le coude sur le zinc
N'est plus là en bleu, casquette et mégot,
Pas plus que cet autre frôlant canon ou petit marc
Sur cette chair enivrée de coups de coude,
De coups de gueule, de rire ou d'amour.
Tout se tait dans ce cimetière des choses,
Au fond de ce vieux hangar ordinaire
Où les feuilles en zinc de la vie se dessèchent
Dans ce chaos d'une vallée des rois.
Après une longue vie de rencontres,
De mains chaudes et calleuses
Posées sur sa vie froide
Et d'empreintes avidement bues,
Il ne voit plus rien passer
Hors la caresse serpentine et frileuse du vent
Qui s'insinue dans les fissures du bois,
Qui couraille et couraille encore
Par delà les poussières du silence.

Table des poèmes

CHEZ LE MÊME ÉDITEUR

René L. LOUIS : Stances de l'intranquillité d'être.
(collection FOLIUM)

Annie SALAGER : Les dieux manquent de tout.
(collection DA CAPO)

Tahar BEKRI : Les Songes impatients.
(collection DA CAPO)

Danièle CORRE : Obstinément l'enfance.
(collection FOLIUM)

Ernest PÉPIN : Boucan de mots libres.
(collection DA CAPO)

Richard ROGNET : Le Transi.
(collection DA CAPO)

Richard ROGNET : Je suis cet homme.
(collection DA CAPO)

Anthologie : Carnavalesques, *choix de textes de langue française de poètes d'aujourd'hui, 2006.*

Danièle CORRE : Énigme du sol et du corps - *prix Max Jacob 2007.*
(collection FOLIUM)

René L. LOUIS : La colère du gisant.
(collection FOLIUM)

Anthologie : Carnavalesques 2007, *revue de découverte des écritures françaises contemporaines, 2007.*

Josèphe CHIGNIER : Cléanthie / Κλεάνθη .
(collection FOLIUM nouvelles)

Pierre DROGI : Encordelé, cahier de bouche et autres textes.
(collection FOLIUM)

Pour le soutien que m'ont apporté mes amis du Club Yvan Goll de Saint-Dié des Vosges : Albert, Marie-Hélène, Nadine, Pierre, Raymonde, Simone et mon épouse Geneviève, un grand merci.

Conception graphique et mise en page : Raphaël Marche
[raphael.marche@gmail.com].

Crédits photographiques :
Remerciements à Daniel Perrin (page 37),
Gino Tognolli (page 17),
Claudine Démoulin pour la photographie de la Vologne à Jussarupt (page 65),
à la MJC et à « Mémoire de Maxéville » pour leur accueil.

Impression Apache Color S.A.R.L.
à Nancy, mars 2008.
Dépôt légal : mars 2008.

ISBN 978-2-9170810-3-7 /Imprimé en France.